KB130232

청어詩人選 143

특별한 사랑

조대환 시집

청어

특별한 사랑

조대환 지음

발행처 · 도서출판 청어
발행인 · 이영철
영 업 · 이동호
홍 보 · 최윤영
기 획 · 천성래 | 이용희
편 집 · 방세화
디자인 · 김바라 | 서경아
제작부장 · 공병한
인 쇄 · 두리터

등 록 · 1999년 5월 3일
(제321-3210000251001999000063호)

1판 1쇄 인쇄 · 2016년 11월 10일
1판 1쇄 발행 · 2016년 11월 20일

주소 · 서울특별시 서초구 효령로55길 45-8
대표전화 · 02-586-0477
팩시밀리 · 02-586-0478

홈페이지 · www.chungeobook.com
E-mail · ppi20@hanmail.net
ISBN · 979-11-5860-451-6 (03810)

이 책의 저작권은 저자와 도서출판 청어에 있습니다.
무단 전재 및 복제를 금합니다.

이 도서의 국립중앙도서관 출판시도서목록(CIP)은 서지정보유통지원시스템 홈페이지
(http://seoji.nl.go.kr)와 국가자료공동목록시스템(http://www.nl.go.kr/kolisnet)에서
이용하실 수 있습니다.(CIP제어번호: CIP2016025835)

특별한 사랑

여러분께 드리는 『특별한 사랑』

인생이 성공하려면 우선 아침형이래야 한다고 했습니다. 그래서 나는 철이 들며 새벽형으로 변신하여 하늘 우러러 한 점 부끄럼 없는 삶을 누려왔습니다. 하지만 뜻을 이루지 못하고 세월은 덧없이 흘러 어느덧 내 나이 구순(九旬), 참 오래도 살았으며 초반에는 나도 잘 나가던 인생으로 희망도 포부도 컸습니다.

그러던 중 청천벽력같은 6·25남침으로 모든 꿈을 접고 오직 조국수호를 위해 총대 메고 최전방 일선고지에서 주야 불사 국방의무에 충성을 다했습니다. 그날 이후 오늘까지도 전투 상황의 악몽 속에서 헤어나지 못하고 평생을 홀로 잔인하도록 고독에 익숙한 외로움은 오직 견디는 방법 외는 없었습니다. 지금은 노환으로 병원에 입원 중이며, 최근에 받은 건강검진 결과가 앞으로 얼마 없는 여생이라는 판정선고를 받았습니다. 인생의 절박감을 느끼며 병상에 누워서까지도 펜을 놓지 않고 졸작의 글을 묶어 한 권의 책으로 펴내

기까지는 특히 이곳 H병원장 조윤구 박사님의 아낌없는 성원과 격려에 최선을 다해 남은 인생을 헛되지 않으려고 전력을 다하고 있습니다. 또한 입원 환자의 보호자로 병원에서 처음 뵌 전정훈 참모, 예비역 육군 중령 조헌곤 님은 초면이면서도 내가 쓴 글(詩)에 깊은 관심으로 출판할 때까지 물심양면으로 협조해주신 그 고마움에 무슨 말씀을 드려야 하나요.

그리고 가족 같은 원목(院牧) 최명철 님의 그 열성적인 믿음·소망·사랑의 기도에 재활을 꿈꾸는 환자들의 밝은 표정은 내일의 희망이고 축복입니다.

또한 고향을 떠나 타관객지인 서울 영등포에 살며 지금의 LG포멕스 총판점 이익재 회장님을 비롯해 권혜택 사장님과 이병구 팀장님께서는 나의 신변 보호까지 해주시는 그 은덕은 내 생이 다할 때까지 잊지 않겠습니다.

현재 내가 입원 중인 이곳 H병원, 나의 주치의 유영규 과

장님을 비롯해 김갑환 과장님, 엄태찬 과장님께서 시종일관
세심한 관찰과 진료에 감사하며, 박애정신이 투철하신 백의
천사 간호부장 최삼례 님과 간호팀장 이진자 님, 친가족 같
은 간병사 민길숙 님께서는 모든 환자들의 안일과 평온을
모토(motto)로 그 열성에 감동하여 진심으로 감사 말씀드립
니다. 양·한방 협진 진료의 한방과장 최기숙 님과 김지영
님, 물리치료사 조향주 님의 따뜻한 모성애에 인술을 겸하
여 빠른 치유와 회복을 할 수 있었습니다. 그리고 정신적 지
주로서 병고를 극복할 수 있는 활력소가 되어주시는 사회복
지사 김나영 님, 또한 각별한 관심으로 희망과 용기를 부여
해주시는 업무 분야의 한명옥 님과 김정란 님, 그 외 매사에
철두철미한 시설팀장 허춘식 님은 내 생에 모범 교본이며,
품위와 친절미에 모든 환자와 보호자 님, 그 외도 외래 방문
객님들의 칭송 드높은 상담실장 김정희 님을 존경합니다.

　그리고 이 시집을 출판할 때까지 원고를 일일이 점검과

교정에 열성을 다 해주신 한방과 심복순 님께 깊은 감사 말씀드립니다. 또한, 원희야! 참으로 고맙다. 내 평생 규흥이도, 규하도 네 은혜 잊지 않으마.

이에 미흡하고 졸작의 글(詩)이오나 읽으시고 조금이라도 제 뜻에 공감이 가신다면 더 이상의 바라는 바 없으며 존경하는 모든 분들께 내 생의 마지막 시집 『특별한 사랑』을 드립니다.

2016년 丙申年 11월
운범(雲帆) 조대환

c·o·n·t·e·n·t·s

 ･ ･ ･ ･ ･ ･ 특별한 사랑

1
특별한 사랑

사랑은 평범함과 특별함이 있으며
괴로움도
외로움도
옆에 있어도 그리운
당신은 나의 특별한 사랑이요

서울 나그네

갈비뼈가 휘도록 그 드넓은 논밭 갈아
먹고 살게 해 놓고 서울로 가야 하는
아 슬픈 황소의 피울음 소리

지금도 서울 하늘 그 어디쯤에 떠돌고 있을
그때 그 황소의 슬픈 영혼은

한겨울 엄동설한에
서울 강북구 우이동(牛耳洞) 골목
여인숙 뒷방 문틈으로 스며드는
황소바람에 귀가 시리어 잠 못 이룬 서울 나그네

인간화(人間花)

매사는 바라보는 각도에 따라
너 다르고 나 다르며
가는 방향도 다른

멀쩡한 대낮에 밑 빠진 종이컵에
촛불 켜고 민주화(民主化) 민주화(民主花)를 외치는
너는 누구냐

애국애족 민주화의 근본은 홍익인간
우선 먼저 인간화(人間化) 사람이 되어라

씨밭

인맥의 씨를 뿌린 텃밭에
어느 씨는 자라 숲을 이루고
어떤 씨는 아름다운 꽃밭이 되고

하지만 아무리 좋은 씨도 가꾸기 나름이며
곶감 씨를 심었더니 땡감이 열렸네

박과 수박 감자와 고구마는 이웃사촌이고
살구와 매실은 배다른 이복형제

고추씨를 심었는데 꽈리가 열린
돌연변도 있거니와 콩 심은 데 콩 나고
팥 심은 데 팥 났네

허구많은 성씨들이 저마다의 혈통과
혈맥으로 대를 이어 온 김 씨는 김 씨끼리
이 씨는 이 씨끼리 박 씨 조 씨 허 씨 민 씨 최 씨
그 외도 백여 종의 성씨들이 서로 어울려
한겨레 한민족 통일을 기도하는
대한민국 만세다

실연의 추억

그때 그날 아침에 친절했던 이유는
같은 집 같은 방 유리벽 속에서
한 이불 덮고 외롭게 잤기 때문이오

그리고 이승에서 저승으로
저승에서 이승을 오가던
그 실체를 알 수 없지만
삶의 감각으로 도달한 사랑은 꿈이었나요

길몽(吉夢)은 착한 세상을 만들고
악몽(惡夢)을 꾸었다고 해서
하늘이 무너지는 것은 아니며

더 이상 갈 곳 없는 우리 사랑은
둘만의 일로 사연만 있고 속없는 껍데기
없었던 일로 하기에는 너무나 있었던 일로
사랑은 슬픈 상처만 남기고 떠난
그 빈자리가 세월이 갈수록 환하고 아프다

특별한 사랑

사랑은 말로 하지 않으며
난해한 수학 문제처럼
때로는 풀리지 않는 루트(√)
그러나 포기하지 않고
부족하면 더하고(+)
넘치면 빼면서(−)
둘이 하나 평등할 때(=)
사랑은 곱절(×) 배가 된다오

그리고 사랑은 나눌수록(÷)
커지는 무한대(∞)
하지만 하늘도 모르는(?)
당신의 속마음(♡)

사랑은 평범함과 특별함이 있으며
괴로움도
외로움도
옆에 있어도 그리운
당신은 나의 특별한 사랑이요

사랑의 정답

사랑을 먹고 사는
인생의 본심은 애정이며

사랑은 일편단심
하지만 천태만상이오

괴로움
그리움
희노애락
사랑은 무언

사지선다(四枝選多)에
사랑은 무언!

내 답이 정답
말로 할 수 없는 사랑은 무언이요

기상통보

그리움이 너무 슬퍼
답답하고 괴로울 때는
한숨도 힘이 된다

눈물에 젖어 구름에 가려
하늘은 반쪽이고
바람도 건너뛰는 휴전선

내일은 서울에도 평양에도
봄비가 내린다는 기상통보

겨울은 가고 봄에 피는 꽃
자연이 만든 예술이 꽃이라면
인간이 만든 예술은 사랑 그리고 사상

하늘에서 내리는 꽃비
판문점에도 봄은 오는가

근기

맨몸으로 태어나 모진 세파에도
쓰러진들 꺾이지 않고
먼 길을 돌고 돌아 나 여기까지
왔노라

또 한고비를 넘어야 하는
산을 오르다 보았네

지난봄 산불로 탄
아직도 불냄새 무성한
잿더미 속에서도 싹튼 여린 풀잎

아 생명은 고귀한……

풀과 나무는 활활 타는 불더미 속에서도
절대 자살을 꿈꾸지 않는
내가 산풀이면 참 좋았을 텐데

정직성

돈 돈은 도력의 대가이고 보상이며
노력 없이 욕심 먼저 앞세우는
양심이 실종된 사회에서

내가 내세울 것은 단 하나
정직하게 살아왔음이다

그러기에 그 어느 누구 앞에서도 당당한
아버지가 지어 준 이름 석 자에
죽는 날까지 한 점 부끄럼 없이
정직한 마음으로 살아가리라!

정직은 나의 길이고 행복이며
생명이고 사명이다

사랑의 비밀번호

내 생의 권익과 신원을 보장하는
주민등록번호는 특급 비밀번호이고
내 집 출입문도 비밀번호를 모르면
남의 집이다

하느님도 모르는 나의 은행 통장에도
비밀번호가 있고
이역만리 어디서나 통하는 지역별
우편번호 따라 오가는 사랑의 편지

우리 사랑의 비밀번호는 2100
둘이 하나 둥글게 둥글게
인내와 노력 2100을 누르면
행복한 사랑의 문이 열린다

동시(童詩)
어머니의 일요일

신문도 오지 않고
학교도 가지 않는 일요일

우체국도 약국도 모두 쉬는 날인데
어머니만 아침부터 밀린 빨래
집 안팎 쓸고 털고 닦고 대청소하시느라
진땀 흘리시며

온종일 앉아 쉴 틈 없으면서
어느 사이 식구들 먹을 간식까지
만드신 어머니

밤이 돼서야 누워 아이구 허리야 어깨야
아프다 하시기에 어깨 허리
팔다리 주물러 드렸더니

아 내 새끼 효자구나!

어머니 정말 제가 효자인가요

유년의 꿈

콩 심은 데 콩 나고
팥 심은 데 팥 난다
곶감 씨 심으면 곶감이 열리리라
땅 파고 흙 파고 꼭꼭 묻었는데
나무가 자라 풋감이 열렸다

풋감은 땡감
땡감은 단감된
홍시 나무 밑에서 입 벌리고
누운 놈이 있었다는데

눈치 빠른 까치가 먼저 알고 가로챈
빈 하늘에 무서리 내리고
내 머리에도 내리고
어젯밤 꿈에 곶감을 따 먹었다

그래요
유년의 그 곶감 나무는
분명 어디선가 자라고 있을 거야

천혜의 사랑

그 누구라도 야욕을 버리면
꽃보다 아름답고
양처럼 선한 얼굴이다

보고만 있어도 풋풋한 인간미
식성까지도 비슷하다는 것은
서로 사랑하기 때문이며

우리 사랑은 하늘이 내린
천혜의 선물로 조용히 비를 맞는
나무처럼 우산 속에 둘이 하나다

돈 돈 돈

바닷물고기처럼
창공의 철새처럼
그렇게 자유롭지 못하고
돈줄에 목숨 건 슬픈 인간아

세상을 굴러다니며
온갖 못할 짓 없는 부정한 돈
돈이면 사약도 마신다는
못 먹을 돈 먹고 배탈 나
감옥 가고 지옥 가는 패가망신

나의 정직한 돈은 진정한 사랑이고
행복이며 희망이다

생각하는 갈대

사공이 많으면 배가 산으로 가고
근원이 불투명한 말 많은 세상에
누가 말했나
침묵은 금이라고

말은 심은대로 거두며
입이 가벼우면 유언비어와
뜬 소문이 무성하고

말은 곧 품격 인격이고 사상이며
생각 없이 하는 말은 빈껍데기다

십사일언(十思一言) 바르고 고운 말이
아름답고 밝은 세상을 이루고

산은 산
물은 물
나는 나
비 오면 비에 젖고
굳은 땅에 물이 고이며
바람 불어 쓰러져도 스스로 일어나는
나는 생각하는 갈대다

달이 없어도 달맞이꽃은
왜 밤에 피는가

향수

향 싸놓은 종이에서는 향내가 나고
고양이 똥에서는 생선 비린내가 난다

돈 먹은 놈은 돈 냄새가 나고
농사꾼 몸에서는 흙냄새가 나며
저마다 특유의 체취가 있다

지조 높은 개는 덥석 물지 않고
우선 냄새부터 맡는다

속일 수 없는 체취
개에서는 개털 냄새가 나고

몸에 뿌린 향수는 철저하게도
자기 자신의 본성을 속이려는
위장술이다

텃밭

요실금 앓으시는
할머니의 텃밭은
유기질 냄새로 무성하고

무공해 어린 손주들의
청정 고추가 탐스럽게
익어간다

인생은 연극

그 어떤 부귀공명도
죽음 앞에서는
맹물 한 모금만 못 한

가까이서 보면 비극
멀리서 보면 희극

희로애락 사막 일장
인생은 연극인이다

자식 농사

어머니 당신의 텃밭에
콩 심은 데 팥이 나고

벼 심은 논에 벼보다 무성한
피(稗)가 자라며
호박 덩굴에 수박이 열렸네요

돌연변이라지만 이게 아닌데
이게 아니었는데
심은대로 거두리라는 말도
해묵은 씨알의 소리고

두말하는 하늘이 미워
늙은 해바라기는 해가 떠도
하늘을 보지 않는다

우정

내가 대필로 써준
사랑의 연애편지가 성사로
혼인식날 그토록 행복해하던 너

행복은 대신할 수 없으며
우리의 우정은 신토불이
유통기한 없는 토종 된장국 맛이고

서로 입맛이 맞다는 것은
사상(思想)이 통하고
이상(理想)이 같으며
핏속의 염분이 닮았기 때문이요

고별

살아생전 터놓고
당신을 사랑해요!
그 말 한마디 못 하고

평생을 그저 그냥 덤덤하게 살다
빈손으로 이승을 떠나는 당신에게
눈물 눈물 말고 바칠 것 없는

눈물이 이토록 짠맛인 것을
처음 느껴본 우리 사랑은
아마도 바다였나봐

배 떠난 자리
밤은 깊은 데 홀로
김광섭의 「저녁에」
시를 읊으며 바라본 허공
아 하늘은 말이 없네요

사모곡

어머니 당신을 누가
눈뜬장님이라 하던가요

낫 놓고 기역(ㄱ) 자도 모른다고
문맹자라 했나요

학교 문 앞도 가본 일 없는 어머니지만
배웠다는 나도 모르는 일을
다 아시는 백과사전이며
아픔
슬픔
기쁨
사랑도
글로는 읽고 쓸 줄 모르지만
몸으로 읽으시고 마음으로 쓰시는
어머니는 나의 학교
나의 종교다

꽃상여 타고 마지막 떠나는 길에서까지
나의 뜨거운 눈물이 어디서 솟는지를
가르쳐주신 어머니
우리 어머니시여

나는 자벌레

어느 측량사가 죽어 환생했다는
네 이름은 자벌레
살아생전 못다 한 나무와 나무
꽃과 잎 잎과 잎 사이사이를
그리고 수목장 영혼의 나무 높이까지도
몸으로 재고 또 재며
높고 넓은 하늘을 날으는 꿈꾸는
나비 유충 자벌레야

나도 너처럼 사람과 사람 사이사이
그리고 이웃과 이웃과의 관계
혹시 우리 사랑에 금갈세라 두려워
마음으로 재고 또 재며
내일의 행복을 꿈꾸는 나는 자벌레

태몽

해바라기는 낮에 피고
밤에 피는 달맞이꽃
음양의 조화 해와 달이 합궁으로
배부른 남산 위에 저 소나무

어머니는 간밤에 하늘에서 떨어지는
불씨 받아 가슴으로 품었다는데
분명한 태몽이요
어머니 몸에서 이슬 냄새가 나네
하늘 냄새가 나네요

참사랑

그때 그날 우리 단둘이 한 말을
아무에게도 하지 말자던 약속
그 누구에게도 하지 않은 것은
참 잘한 일이다

그대와 나 희로애락
손톱 밑 가시도 뽑아주고 배려와 양보
오해를 이해로 푸는 사랑
식성까지도 비슷하다는 건
진정 사랑하기 때문이다

 ・ ・ ・ ・ ・ ・ 특별한 사랑

2
반송 편지

다시는 보낼 수 없는 반송 편지로
종이비행기 접어 하늘로 띄울까
바람에 날리울까

사랑의 넥타이

그 옛날 고대 서구에서는
전쟁터로 출정하는 병사의
무운장구(武運長久)를 빌며 부적으로
목에 걸어준 넥타이가

오늘날 근대 사회에서는
삶의 일터로 출근하는 직업 전사의
무사안녕(無事安寧)을 기원하며
목에 매주는 사랑의 넥타이라오

사랑법도 다양하듯
넥타이 매듭법도 소재와 형태 따라
여든다섯 가지가 있다는데
하지만 아버지와 할아버지 전통 그대로의
넥타이를 매며 비는
오늘도 무사안녕히!

세월

정면으로 오는 화살은
엎드리면 피할 수 있고
퍼붓는 소나기는 두 손으로
가릴 수 있지만

앗차!
순간 넘어지지 않을 곳에서
넘어질 때가 있다

겉으로 보기에는 없었던 것 같은
똑같이 보이고 싶어 하지만
내가 약하다는 게 늘
마음에 걸린다

그러나 누구라도 때 되면 배고프고
세월 가면 나이를 먹으며
잘 익은 사과는 바람 불지 않아도
떨어지는 인생도 마찬가지

반송 편지

덧없이 흘러간 세월
지금도 그냥 그곳에 살고 있을 줄 알았는데
'이사 감' 노란 쪽지 붙여
되돌아온 반송 편지

그는 어디서 무얼 하며
어떻게 살고 있을까

다시는 보낼 수 없는 반송 편지로
종이비행기 접어 하늘로 띄울까
바람에 날리울까

행여 어디서 받아보거든
풍문이라도 좋으니
소식 전해주소서

내가 대통령이라면

그 누구나 한 번쯤은 생각해본
만약 내가 대통령이라면

2차 세계대전이 끝나고
일제강점에서 해방과 더불어
남북으로 분단된 조국이
좌우로 흔들린 때 외친 절규

흩어지면 죽고 뭉치면 산다!

애국애족 사상이 확고한
역사에 길이 빛나는 초대 건국 대통령이고

취임사에서 보통사람이라 선언하고
보통사람으로 그저 그냥 임기 마친
안일한 대통령은 아니오며

햇볕이 태풍을 이겼다는
어릴 적 동화 속 환상의 꿈은 사라지고
어찌하랴 세월가며 날로
퇴색하는 노벨평화상의 무모한 실정

그 얼마나 허물이 많기로서니
부엉이바위에서 투신하여
부엉이와 동행한 야행성 그런
대통령은 더더욱 아니옵고

백성은 배곯아 원성 드높은데
제 배 먼저 채우려 부정축재 절도죄로
쇠고랑 차고 산사로 유배 간 천인공노한
그런 오명의 대통령은 절대 있을 수 없다

배고픈 민주화는 허공에 뜬 무지개 구름이고
우선은 먹어야 사는 새벽종을 울리며
길 내고 다리 놓고 공장 지어 국가 재건의
꿈을 이룬 새마을운동으로 겨우
먹고살 만하니까

어쩌나 정적의 흉탄에 쓰러지며
나는 괜찮아!
마지막 그 유언 나보다 먼저 국가와 국민을
염려한 아버지 같은 대통령이고

국가를 내 집처럼

국민을 가족처럼 희로애락
손톱 밑 가시도 뽑아주며
통일은 대박이라고 외친 어머니 같은
그런 대통령이고 싶었는데 그러나 ……

통일 아리랑

아리랑 아리랑 아라리요
아리랑 고개로 넘어간다

오는 세월 아리랑
가는 세월 아리랑
희로애락 인생을 노래한
하얀 찔레꽃 아리랑

태평가도 아리랑
수심가도 아리랑
아리랑 아리랑은 영혼의 소리

영암에는 영암아리랑
밀양에는 밀양아리랑
강원도에 강원도아리랑
제물포에는 제물포아리랑이 있고

대한사람 대한으로
세계가 노래하는 KOREA 아리랑
내일은 내일의 해가 뜨는 해오른 아리랑*

아리랑 아리랑 아리쓰리 아라리요

아리랑 고개에 대박 났네 났네
통일 아리랑!

*해오른 아리랑: 필자가 입원 중인 인천광역시 남구 미추로53 해오른요
 양병원을 지칭함

평화의 설국

꽃 중에는 시들어지는 꽃이 있고
만개한 채 떨어지는
꽃마다의 사연과 전설이 있다

벌과 나비가 입 맞춘 꽃자리에
알알이 맺은 오곡백과 풍성한
자손 대대 살맛나는 세상이고

겨울이면 하늘에서 내리는
하얀 눈꽃이 지워버린 휴전선
평화의 설국 대한사람 대한으로

선거 바람

뜨거운 태풍 선거 바람으로
허수아비도 큰절 받는 선거 풍토

발정 난 들고양이가 발광하듯
근본도덕주의 사상 이념마저
불투명한 정치 철새들의 난무에
선량한 민초들이 뿌리째 흔들리며

못난 놈은 못난 놈끼리
있는 놈은 있는 놈끼리 똘똘 뭉쳐 작당한
자유화 민주화를 외치면 만사형통으로
착각하는 니들의 꼴불견에
개가 웃는다
소도 웃는다

애국애족 공정하고 깨끗한 내 한 표가
이 나라의 국운을 좌우한다

통일은 대박

한반도 중심지 서울 북악산 정상에서
바라본 북녘의 하늘은 낮도 밤 같은
여름에도 무서리 내리고
동토의 땅 여리박빙(如履薄氷)
겨울 공화국 하늘은 사면초가(四面楚歌)

언젠가 장군별이 궤도를 벗어나
땅으로 추락하는 그 날이 오면

산천초목이 소생하는 입춘대길
하나로 통하는 자유 평화
통일은 대박이다

생이별

다시 만남을 약속하고
떠남은 작별이고

사별은 죽어 저승에서
만남의 기약이며

살아서도 못 만나는
피눈물 나는 가장 슬픈
이별 중의 이별은
생이별이다

단원고 분교생

아름다운 삼다도 제주를 배우려고
이름도 세월호*에 몸 싣고 마음도 함께
떠난 그때 그 수학여행길
바다를 건너고 파도 넘어 세월처럼
흐르리라 믿었는데

앗차 순간 하느님이 한눈판 사이
세월이 뒤집혀 희망이 절망으로
못다 핀 250송이 장미꽃이 파도에 잠겼을 때
소금보다 짠 오천만의 피눈물이
바다 되어 넘치고

산천초목이 울고 대통령도 울었다

진도 팽목항 앞 바다 가장 깊은 곳
용궁이 있는 곳에 터 잡은 저승의 안산 단원고 분교
언젠가는 이승의 본교 강당에서 동창회 있는 날
수평선 바다 위에 아름다운 무지개다리 건너
구름 타고 오라는 그날 위해 그날을 위해
저마다 가슴에 노란 리본 달고 파도에 잠긴
250송이 꽃 이름을 부르는 피울음의 바다 메아리

*세월호: 462명이 승선(안산 단원고 학생 352명, 교사 15명)한 세월호
가 2014년 4월 16일 오전 8시경 진도 앞 해상에서 침몰했음

인생에 대하여

살아생전 허리 한번 못 펴고
일벌레로 기어 살다 떠난
죽어서야 겨우 허리 펴고 두 발 뻗고
관 속에 누워 바라본 하늘은 말이 없다

영혼불멸을 주장한 너이기에
하늘 어디쯤 존재하리라고
보고 또 보았지만

너는 바로 내 마음속에 살아있음을
쉬어라 쉬는 것도 일이다!

밤이 깊어야 새벽이 오고
내일의 해가 뜬다

세상사 거꾸로 뒤집어보면
내가 너고 네가 나다

물 없는 삼다도

제주도 넓은 벌에 군가 소리 드높고
피 끓는 청춘들의 불꽃 튀는 전투훈련
앞으로 앞으로 철조망 밑을 침투하는 등골은
비 오듯 땀에 젖어 흐르고 목 타는 갈증에도
마실 물 없는 삼다도 제주섬*이 미웠다

하늘이 이를 알고 소나기 내리던 날
두 손 벌려 빗물 받아 마시며 그로는 모자라
발자국에 고인 물 엎드려 마시려다
호랑이 조교의 몽둥이찜질에 굳은살 박힌
그렇게 국군은 탄생했다

하루해가 지고 일석점호에
목이 터져라 외친 전쟁목적구호
─백두산 영봉에 태극기 휘날리고
압록강수에 전승의 칼을 씻자!
아직도 끝나지 않은 6·25전쟁
전쟁은 휴전이다

*제주섬: 제주도 모슬포 육군 제1훈련소가 있던 곳으로 필자는 육군 제
  1훈련소 7연대 93중대 1소대의 훈병이었음(1951년도)

조국통일

어머니 나라 대한민국
내가 태어난 이곳이 모국(母國)이고

난생처음 배움의 집
어머니 손 잡고 들어갔던
여기가 바로 모교(母校)다

모교에서 배운 모음(母音) 자음(子音)
아름다운 스물네 자 한글은
모국어(母國語)

우리의 소원은 조국통일
나라사랑 겨레사랑
대한민국 만세다

연평도는 군신도(軍神島)

한겨레 한민족 우리끼리라는
누가 누구에게 한 말이냐

6·25의 참상은 아직도 끝나지 않은
정전(停戰)이고
햇볕에 가린 분단의 장벽은 갈수록 높아지며

바다의 검은 철벽 NLL선을 침공한
제2의 연평해전*은
충무공 이순신 장군의 필사즉생(必死卽生)
그 정신을 계승한 호국 영웅 당신들이 있음에
오늘의 대한민국이 있음을

지금도 끝나지 않은 연평해전
눈물의 연평도는 군신도(軍神島)

군신(軍神) 육용사 당신들의 이름을
풀꽃 무성한 민초들의 가슴에 새기며
우리 함께 충성을 맹세한
대한민국 만만세다

*연평해전: 제2의 연평해전은 2002년 6월 29일 오전 10시 25분(참수리
    357호) 돌발적 고립 처절한 전투가 전개됐음

주먹밥의 힘 I

주먹밥 먹은 지 오래지만
지금도 잊지 못할 그때 그 주먹밥의 맛
아무리 먹어도 질린다는 말한 적 없으며
한눈팔지 않고 오직 주먹밥에 내 청춘을 바쳤다
충성!

돌격
돌격
앞으로
앞으로
가서는 돌아오지 않은 전쟁 영웅들
아 주먹밥이 영웅을 탄생했다
필승!

화약 냄새 무성한 주먹밥의 힘으로
위기의 대한민국을 수호했다
만세!

어떤 산해진미 진수성찬도
그때 그 주먹밥만 못하며
꾹꾹 뭉친 주먹밥의 힘으로 다진
세계 최강의 대한국군이다

주먹밥의 힘 II

배부른 매는 사냥을 포기하고
배부른 맹수는 낮잠을 잔다

배부른 병사는 태만하며
배고파서 용감했던
6·25전쟁 영웅!

피땀으로 목을 축이고
주먹밥*으로 다진 정신과 육체
적진으로 돌진하던 뚝심과 저력은
바로 꾹꾹 뭉친 주먹밥의 위력이었다

*주먹밥: 6·25전쟁 중 최전방에서 전투 중 주먹밥이 주식이었음

민주화(民主化)와 민주화(民主花)

머리는 내가 아픈데
네가 왜 머리띠 두르고 외치는
누구 위한 민주화(民主化)냐

배고파 우는 어린 딸을 옆에 놓고
내 딸을 백 원에 팝니다!*

어머니의 그 피울음의 호소에
내가 빈손인 것이 가슴 아프다

껍데기는 가라
썩었는가 민주화(民主化)야

만인이 갈망하는 자유 평화의 민주화(民主花)는
그 어디에 피었으며
국민이 잘살자는 민주화(民主化)는
당파 간 갈등으로 캄캄한 낮도 밤 같은
시작도 끝도 보이지 않는다

*내 딸을 백 원에 팝니다! : 이는 어느 가난한 난민이 배고파 우는 어린
  딸에게 먹이려고 딸을 옆에 두고 애걸하는 어머니의 피눈물 나는 호소임

가난의 역사박물관

산 입에 거미줄이야 치겠나마는
보리는 아직 푸른데 바닥난 쌀독
밭둑 서성이니 앞이 캄캄한 대낮

벚꽃은 눈부시지만 찔레꽃은 서러워라

가시덩굴 헤집고 꺾어 먹은 찔레순
손등에 가시 찔려 피 흘리면
흙가루가 약이었다

먹이 찾아 헤매는 들개처럼
풀숲 뒤져 삐비 뽑아먹고 먹어도 배고파
냉이 뫼싹 띠뿌리 깔무릇 캐 먹고
돼지도 안 먹는 흑사병 걸린 보리깜부기도
훑어 먹고 길가에 지장풀도 뜯어먹으며

뒷동산에 올라가 송홧가루 털어먹고
솔껍질도 벗겨 먹었으니 그도 모자라 도라지
잔대 칡뿌리 둥굴레 산마도 캐 먹고
아카시아 진달래꽃을 따 먹었다

그리고 냇가에 나가 송사리 피라미 붕어

미꾸라지 가재 잡고 갈대순도 꺾어 먹었으니
먹고 죽는 것 아니면 개똥 말고는 다 먹었다

우리땅에는 참으로 먹을 게 천지라도
굶기를 밥 먹듯 맹탕에 쑥밥 무밥
콩깻묵*밥 감자밥 피(稗)죽을 끼니로
꽁보리밥에 쑥개떡 먹는 날은 생일날이다

니들이 잘 먹는 것을 보고만 있어도
나는 배불러 하시던 어머니의 그 말씀
그때는 라면도 없었다
보리건빵도 없었다

최소한 끼니만은 거르지 말아야 하면서도
맹물로 배 채우며 넘어야 했던 보릿고개
지금의 너희들은 모르지
보릿고개가 얼마나 높았던지를

어제 중앙박물관에 들렀더니
그 많은 옛 그림 중에 눈물로 그린
보릿고개 그림은 없고 금강산도 식후경
태평세월 누리는 선유도가 미웠다

가난의 역사박물관이 어디 있느냐고
만나는 사람마다 물었지만
아무도 본 일 없다고 했다 모른다고 했다
그러나 보릿고개를 넘어온 사람은 안다

*콩깻묵: 1940년대 2차대전 당시 한국이 일제강점기 때 만주(현 중국
  연변)에서 생산되는 콩에서 기름 짜고 난 콩찌꺼기를 식량으로 한국인
  에 배급했음
*보릿고개: 1920년대 전후에서 1960년도 5·16 후 새마을운동까지의
  빈곤시대를 말함

행복한 가난

요즘 쌀값이 얼마요
그도 저도 모르며 하루 세끼 밥 먹고

뼈 아프게 일 하고도
조금 모자람은 사랑으로 채워요

과분한 부(富)는
화(禍)를 자초하며
탐욕은 만병의 근원이요

인생 공수래공수거
人生 空手來空手去!

마음이 부자면
세상 부러울 것 없는
우리 가난하다는 말은
하지 말아요

자연보호

자자손손 이어온 천혜의 자연
그 자연 속에 사는 우리
아름답고 밝은 거리 풍경 오가는 눈빛
누가 버린 양심인가 휴지 조각이 눈엣가시처럼 아프다

휴지 줍는 고운 마음
안 버리는 밝은 마음*

인간의 본심은 곱고 밝은 마음으로
자연을 보호하고 사랑함은
곧 나 자신을 보호하고
우리나라를 사랑함이니
아름다운 사람은 그 떠난 자리도 아름답다

*휴지 줍는 고운 마음/ 안 버리는 밝은 마음: 이는 자연보호 표어 공모
 에 당선된 필자의 작품임(1975년 6월)

야광시계

칠석날 견우직녀가 만나듯
오작교 다리 놓은 까치도 반기는데
우리는 그저 그냥 만남으로 기뻐하고
가슴으로 사랑하자고 한사코 몸 사리며
고백하는 아내의 달거리

떨리는 손으로 해웃돈 주며 등 미는
천사표 아내가 고마워 고마워서 눈물 나는
해웃돈으로 야광시계*를 샀노라고

이는 사랑의 증표라고 사랑의 훈장이라고
그는 전우들께 자랑했다

가슴 벅찬 감회와 자궁처럼 포근한
시계의 초침소리 한 시간은 육십 분
그러나 그의 야광시계는 오십구 분
일 분의 시차는 진정한 아내의 사랑으로
채웠노라고

낮보다 밤에 더욱 빛나는 야광시계는
아무리 고된 전투에도 힘이고 용기라던
그때 그 전우는 지금 어디에……

*야광시계: 6·25전쟁 당시 보상 휴가 중에 있던 전우의 실담이며 필자의 제1시집의 표제 시임(2001년 6월 25일 발행)

서울광장

검은 아스팔트로 포장한 거리
회색빛 마천루 도심 속에
푸른 생명의 잔디마당은
그저 바라보는 것만도 숨통이 트이고
가슴 열리는 자유와 평화 여유의 땅이다

수정보다 맑은 물보라에
무지개 피는 분수와 함께
아이들은 뛰고 뒹굴고 소리 지르며
집에서 못다 한 놀이로 신나는데

어이하랴 뜻과 생각이 다른
좌파 우파 보수와 진보로 흔들리는 정국
나라의 운명을 바로 잡으려 태극기 휘날리며
국태민안(國泰民安)의 굿판 벌인 이곳
세계로 뻗어가는 서울광장*

지금 우리는 어디로 가고 있는지
다시는 재연해서 안 될 6·25전쟁의 비극
여기는 비무장지대 그 누구도 침범할 수 없는 성역
손에는 태극기 가슴엔 무궁화꽃을 달고
푸른 잔디를 배경으로 활짝 웃으며 우리 함께

사진 찍고 싶은 대한민국의 서울광장이요

*서울광장: 필자의 제2시집의 표제 시임(2007년 8월 20일 발행)

불침

나 어릴 적 동네 또래 친구들과 함께
할머니 옛날이야기에 푹 빠져
먼저 잠든 놈 팔다리에
불침*을 놓았지

타들어가는 성냥개비 재처럼
보고 있는 가슴도 함께 타고
드디어 살을 찌른 불침

앗 뜨거!

뜨거운 불침맛에 번쩍 든 정신
우리는 그렇게 철이 들었지

그러나 이 시대 정계인 중
"쟤는 뭐든지 삐딱한 놈이라고⋯⋯."

그놈에게도 불침 한 방이면 정신이 번쩍 들어
정치가 바로 서야 나라가 바로 선다

*불침: 성냥개비를 태워 그 검은 숯이 된 성냥개비를 살에 꽂고 그 끝에
  불붙여 타들어가 살에 닿아 뜨거움을 느끼게 하는 놀이

까치집

누구나 축복받고 태어나
누구는 부유층이고
누구는 빈민층인가

비 오면 비에 젖고
바람 불면 기둥뿌리 흔들리는
까치집도 상하층이 있으며

하늘을 날아도 자유로울 수 없는
까치가 쉴 곳은 오로지 까치집뿐이고
알콩달콩 알 까는 새벽 까치 소리에
하루가 열린다

사랑도 함께 기쁜 소식 기다리며
우러러보는 까치집
번지 없는 까치집에
가장 먼저 해가 뜬다

사랑은 자유

남들이 가지 않는 가시밭길을
그 어떤 외로움 그리움 괴로움도
잘 참고 견디어 왔는데
누가 나를 나약하다고 했나
왜 나는 부자가 아니었나

태풍에 무참히 꺾인 노목에도
봄이면 꽃피는 아픈 나이테

나무와 사람의 차이
사람은 단 하루를 살아도
믿음 사랑 소망 그중에
사랑은 자유 누가 말했나
자유 아니면 죽음을 달라고

사람이 꽃이었으면

하루 세끼 밥으로는 모자라
돈이 독일진대 우선 먹고 보자는
끊어지면 추락하는 돈줄에 목숨 건
아 슬픈 밥벌레들아

너는 누구냐?

못 먹을 돈 먹고 배탈 나
감옥 가고 지옥 가고 목숨까지도 버리는
어쩌랴 돈 돈 돈이 원수로다

인생은 공수래공수거
향기를 먹고 사는 빈들에 야생화처럼
아 사람이 아름다운 꽃이었으면
그 얼마나 좋으랴마는

 • • • • • • 특별한 사랑

3
무궁화꽃

전우와 함께
포탄에 쓰러진
진달래꽃잎 주워
볼에 비비며

뿔

생각이 많아 홀로 산다는
외로운 이의 얼굴은 언제나 선하다

달이 없어도 밤에 피는
달맞이꽃처럼
외로워도 울지 않은 것은
참 잘한 일이라고

이 험난한 세상에
선한 토끼와
착한 노루에게
뿔이 없다는 것이
늘 마음에 걸린다

화해

여보게, 모두 내 잘못이었네!
내가 먼저 이 한마디로
운명이 바뀌고 세상을 바꾸는
서로의 철벽을 허물었다

나 이젠 소화제를 먹지 않아도 되고
신경안정제도 오늘로 끊을 거야
여보게 우리 밥이나 함께 먹세

칠전팔기

고향을 등지고 떠나던 그때 그
시외버스 뒷좌석 유리창에 바짝 붙어
따라온 태양과 함께 바라본
서울 하늘은 너무도 답답하고 숨 쉴 틈 없는

괴로움과
외로움은
겉으로 보기에는 아무 일 없는 것 같은
그러나 속을 파고 보면 너무나 있었던 일을
그 누구도 감정으로 바라보지 않는다

내가 빈손인 것을 알고 속없이 배는 고프고
눈먼 돈 한 푼 없는 서울거리
발길 돌려 항구도시 인천으로 향했다

누가 말했나
인천 앞바다에 사이다가 떴어도
컵 없으면 못 마신다고

당장 종이컵 사러 가다
넘어지지 않을 곳에서 넘어지며
정신이 번쩍 들어 바라본 하늘

갈매기가 말했다
지금 네가 울지 않은 것은 참 잘한 일이다 라고

유물 봉투*

난생처음 최전방
전투부대에 배치되던 날
손톱 발톱 깎고 머리카락 잘라
하얀 사각봉투에 담아
신상명세서와 함께
중대 본부에 바쳤다

왜 이래야 하느냐고
아무도 묻지 않았다

살아생전 내가 내 몸의 수족을
거두었거니
이제는 죽어 고향 갈 그날
그날만이 남았다

*유물 봉투: 6·25전쟁 중 전투부대에서의 의무사항이었음

꿈꾸는 송장

누구나 잠들면 죽는다
죽는 것은 모두를 잊는 것이다

그러기에 내가 잠들면
업어가도 모를 산송장이다

송장이 깨어나는 아침이면
날마다 생일이고

생일상에 오르는 밥
밥이 생명이며
내가 살아있으니 희망이고
행복이다

무궁화꽃

조국이 분단된 아픔에
치열한 전투 중

전우와 함께
포탄에 쓰러진
진달래꽃잎 주워
볼에 비비며

너는 어느 편이니 하고
물었더니

꽃은 말없이 무궁화
무궁화꽃으로 변했습니다

착각

생과 사는
손바닥 뒤집듯이
앞을 보면 이승이고
뒤를 보면 저승이오

이승과 저승
생과 죽음은 한 몸
서로 껴안고 살면서

남의 일로 생각하는
착각은 자유
나는 자유의 몸이다

소원은 통일

하늘 본 감자는 그 빛깔부터 다르며
어느 하늘 아래 태어났느냐에
흑백 인종이 다르고 동식물도 다르다

그러나 같은 땅
같은 하늘 아래 한 핏줄 한 형제가
극우 극좌로 편 갈라 사상 대립으로
총 칼로 맞선 슬픈 비극이여

아 저 소리가 들리는가
이산가족의 슬픈 피울음 소리에
하늘이 울고 산천초목이 운다

우리의 소원은 통일
만나는 사람마다 친절한 이유는
통일을 원하기 때문이다

마지막 잎새

불화로 같이 뜨거운 여름 햇살에
오곡백과의 속살이 알알이 익어가는
여름도 한철이고 추풍낙엽이
빚쟁이 독촉장처럼 쌓이고
가지 끝에 매달려 몸부림치는
마지막 잎새에 무슨 말을 적어야 하나

지금껏 한 번도 써먹지 않은 모국어가
줄줄이 유언처럼 떠오르며
흘러간 세월은 되돌아오지 않는다

그리고 철 들자 죽는다고
누구에게나 죽음은 갚아야 할 빚
죽은 후에도 등에 지고 가는 빚더미
누가 이를 인생이라 하드냐

숙제의 정답

말 말 말 많은 세상
그의 막말 언어폭력으로
내 가슴에 비수를 꽂아도
울지 않은 것은 참 잘한 일이다

부모님 선생님 말씀에 용기 되어
산소 같은 힘으로
모진 풍파에 휘어 자란 소나무처럼
살을 저미는 겨울 칼바람
하얀 눈 속에 핀
인고의 복수초꽃처럼
일생을 그렇게 살아온 세월

석양에 지는 노을이 꽃보다 아름다움을
너는 아느냐던
눈 뜨고 돌아가신 아버지의 그 말씀

내 인생 황혼이 되어 비로소 깨달은
숙제의 정답은 바로 내 안에 있었다

궁색한 변명

꿈에 떡맛보다 쫄깃한
핸드폰에 맛 들여 언제 어디서나
마음만 먹으면 꺼내보는
과거와 현재 미래까지도

인간은 두 얼굴

한때는 둘도 많다
하나 낳아 잘 기르자 하더니
셋 낳으면 애국자 대우하는

사람은 두 마음

어제까지도 자유와 평화의 새라고
추대하고 사랑하던 텃새 비둘기를 굶겨 죽이며
떠돌이 철새 가창오리떼의 군무(群舞)에
박수치는 너는 누구냐

일은 기계가 하고
수익은 사람이 챙기는 불공정거래
맥 빠진 경운기의 볼멘소리에 산천이 우는 메아리
어디서 걸려오는 핸드폰 벨이 짧게 두 번
누구일까 궁색한 변명에 하루해가 저문다

귀태(鬼胎)

여우는 왜 궂은 날 밤에만 우는가
밤낮 모르고 짖는 미친개 소리

혼탁한 세상에 언어폭력으로
남의 가슴에 비수를 꽂고도
두 발 뻗고 잠이 오드냐

귀태*라고 막말한
니가 바로 귀태다

공갈협박 막말은 후진국의 망국병으로
그런 놈에게는 현대의학백서에도 없는
신종 치유법으로 뜨거운 불침 한 방이면
정신이 번쩍 들고 세상이 바로 서리라

*귀태(鬼胎): 귀태라고 막말한 야권의원 H씨가 이로하여 당의 대변인직
 을 사퇴했음(2013년 7월)

사람과 개

보는 것도 아까운 어린 딸을
어이 때리고 짓밟고 창자 터져 죽인
악마 계모 임 엄마*

제 속 탄다고 화풀이로 여덟 살 의붓딸을
주먹질 발길질로 가슴뼈 분질러 죽인
마귀 의붓어미 박 엄마*

계모도 엄마는 엄마고
의붓딸도 딸은 딸이다

애견(愛犬)은 어미 잃은 고양이 새끼를
제 새끼와 나란히 젖 물려 키웠는데
개도 사람도 핏속에 눈물은 똑같은 성분이고
다만 사상과 혈통 습성이 다를 뿐

살다 보면 짐승한테서 배울 게 참 많은
개는 인간의 스승이다

*임 엄마(35세): 칠곡 아동학대 계모, 징역형 10년 언도, 2심에서 15년
  선고
*박 엄마(40세): 울산 아동학대 의붓엄마, 징역형 15년 언도

가출

하늘 같이 믿고 믿었는데
더 이상 머물 곳이 없다

배신의 아픔으로 피눈물 나는
가출이 나를 구했다

홀연 단신 절벽에서
뛰어내려야 하는 그래도
나는 울지 않았다

나는 오뚝이
오뚝이 이력서에 빨간 글씨로 쓴
가출!

가출은 분명한 나의 혁명이다

겨레의 비가(悲歌)

지금의 너희들은 모르지
1950년 6월 25일 새벽
꿈도 아닌 생시 포성에 놀란
그날 이후

피난길에서 만난 이름 성도 모르는
백발 할머니 말씀
―인민군은 우리와 똑같은 사람이던데
   왜 총 칼 들고 쳐들어왔는지 몰라요?

말로다 해명할 수 없는
좌 우익 동족전쟁……

비극의 슬픔에 참 많이도 울었지!

아 오늘도 어머니 아버지 형제간에
오천만이 부르는 눈물의 비가(悲歌)
〈단장의 미아리고개〉에 비가 내린다

해오른의 절대강자

저마다의 생각과 전환을 통해 느끼는
가장 편안하고 조용한 인생의 쉼터
인천 숭의동 미추로거리 해오른병원*에서는
오늘도 인간의 향기와 그 뜨거운 사랑의
불꽃 튀는 투병으로
만물을 짓고 뜻을 이루어가는 것은
힘이 아니라 해오른의 사랑이요

인적 드문 들판 그 어딘가에
이름 모를 풀꽃들이 나의 병을 앓고 있을
우리 사랑은 우연 아닌 필연의 운명으로
나의 육신 털끝 하나 마음의 아픔까지도
한결같은 정성 가족 같은 사랑으로
보듬어 주고 치유해주는 천사들이 있기에

아무리 힘들고 어렵기로
내가 나를 다스리는 인고의 투병은
메아리 없는 총성이요

누가 말했나
인생은 살아있는 그 생명 자체가
천하장사 이상의 절대강자라고

그래요 우리는 희망을 꿈꾸는 용기
해오른의 절대강자다

*해오른병원: 필자가 입원 중인 병원임

개와 사람

대한민국(大韓民國)의 첫머리 글자인
큰 대(大) 자 오른편 어깨 위에
점(·) 하나 찍으면 개 견(犬)이고
큰 대(大) 자 머리 위
한 일(一) 획 하나 지우면 사람(人)이다

개와 사람 차이는
개가 먹지 않는 돈을
사람이 먹고 배탈 나 병원 안인
감옥으로 가는 그를 본 개는
어떤 생각을 했을까

개는 말을 못하니 정치를 모르며
좌우 보수와 진보 여와 야가 없지만
개 나라는 족보와 혈통을 중시한다

충견(忠犬) 애견(愛犬) 견공(犬公)은
누가 지은 이름이며
개와 사람이 친근한 이유는 핏속에 염분이
비슷하며 눈빛이 서로 닮았기 때문이다

피(蚊血)로 그린 그림전

내 스스로 삶의 포로 되어
홀로 독방에서 흡혈귀 모기와의 전쟁은
그야말로 피눈물 나는 혈전(血戰)이였다

모기의 기습공격에 때려잡은 모기피(蚊血)로 그린
6·25의 격전지에 세운 전우의 비목을 비롯해
피의 능선
피바다
내가 흘린 피눈물
사상 처음 4강 한국 월드컵도 그렸으며
그리운 고향 마을 솟대도 그렸다

그리고 통영 바다에 누워있는 미인도(美人圖)
충절의 혈죽(血竹)
고결한 혈난(血蘭)
청조한 혈매(血梅)
삶 죽음 사랑 영혼의 노래와
내가 나를 다스리는 피로 쓴 혈서(穴書)
그러나 단 하나 당신의 혼불만은
그리지 못했다

*피로 그린 그림전: 필자가 모기피(蚊血)로 그린 그림을 서울시 종로구
  인사동 수도빌동 2층 한서(현 큐브)갤러리에서 2003년 7월 9일부터 7
  월 15일까지 전시했음

느림의 미학

차가 달린다 아니
사람이 차를 몰고 달린다

풍속보다 빠른 과속
속도위반이면 하늘로 가는 직행통로
앞지르기
끼어들기
꼬리물기
더 더구나 신호를 무시하기까지도

너는 아느냐
토끼와 거북이가 육상 경기에서
느린 거북이가 이겼다는
어릴 적 배운 삶의 철학 느림의 미학

눈치 보며 과속 말고
차선 보며 안전 운행*

안전 벨트 생명 벨트
안전 속도 생명 속도*

*눈치 보며 과속 말고/ 차선 보며 안전 운행, 안전 벨트 생명 벨트/ 안전
 속도 생명 속도: 1985년도 교통안전 표어 공모에 당선된 필자의 작품임

비밀의 벽

왜 혼자유
민박집 주인마님의 초면 인사다

나는 혼자 왔다
혼자 가는 나그네라고 했다

혼자라서 홀가분한
밥을 먹어도 혼자요
잠을 자도 혼자다

혼자 말한 잠꼬대
분명 벽 보고 한 말이다

듣고도 말 없는 비밀의 벽
벽은 나의 영원한 동반자다

밥과 법

생각과 마음을 바꾸면
천지가 뒤바뀐다

자살은 살자로
적기*는 기적이고

이래 쏘나 저래 쏘나
토마토는 토마토
기러기는 기러기
아시아는 아시아다

그러나 절대불변의
하느님과 하나님은 하나다

누가 법은 물이라드냐
법은 밥
밥과 법은 획 하나 차이
밥 없이 못 살며
법 없어도 못 사는
이것이 인생이다

*적기: 6·25전쟁 후 판잣집이 **빽빽**하던 적기(부산광역시 남구 감만동
일대)에 자리 잡은 고아원, "적기를 거꾸로 읽으면 기적이 있어요!"라
고 항상 신자들에게 어려워도 기적이 일어나도록 노력하자고한 50년
간 한국에서 봉사 활동한 독일의 십자공로훈장 받은 안토이오 신부가
한 말임

우리 말 우리 글

말 말 말!
말은 곧 그 사람의 인격이고 품격이다

말 중에는 백 마디 말보다
단 하나 침묵의 언어가 있으며
철 따라 피고 지는 몸으로 말하는 꽃과
그리고 나무들의 나이테

하늘 땅 바람도 함께
바다 이야기에 성난 파도
쓰나미가 밀리듯
언어폭력으로 난투극의 동물국회일지라도
선량한 민초들의 들꽃 피어
아름다운 세상

엄마 먼저 고운 말
아빠 먼저 우리 글*

사랑해! 이 말은
세계가 평화로운 우리 말 우리 글이다

*엄마 먼저 고운 말/ 아빠 먼저 우리 글: 이는 서울대학교 우리말사랑국
어운동학생회 주최 표어 공모에 당선된 필자의 작품임(1964년 10월 9일)

촌닭

서로 보고만 있어도 가슴 설레는
정직하고 순박한
우리 사랑을 누가
촌스럽다 하드냐
촌스러움은 꽃스러움이요

꽃밭에서 알을 품은 촌닭

알이 먼저냐
닭이 먼저냐

정직하고 순박한
촌스러운 질문에
글쎄올시다?

부부의 날

꿈꾸고 돌아누우면
까맣게 잊어버리듯
부부가 등 돌리면
지척이 천 리라오

과일의 흠집은
서로 몸 닿은 곳이 먼저 썩고
밟을수록 굳어지는 풀뿌리

화날 때 서로
한 발짝 뒤로 물러서 바라보면
부부는 둘이 하나(2=1)
21일은 부부의 날
부부는 세상에서 가장 가까운 사이

밥 생각

밥은 생명의 필수지만
먹을 생각 없으면
굶어도 배부른
밥은 생각으로 먹는다

아침
점심
저녁을 먹고
생각과 함께 나이를 먹는다

선후배도 밥그릇으로 따지며
생각 없이 물 말아먹은 나이는
주민등록에도 오르지 않는다

정직한 사회

서로 주고받은 술잔에
오고 가는 우정도 함께
나는 너의
너는 나의
우리 모두의
행복을 위해 건배

위하여!

일막 삼장 자유 평화 사랑
실 생활극의 막이 내리고
식비 계산대 앞에서 누가 말했다
가장 존경하는 김영란 님*의 밥값은
내가 내겠노라고

문제는 본심이 진심이고
정직한 사회일 때 오는
행복이 정답이다

*김영란 님: 부정 청탁 및 금품 등 수수의 금지에 관한 법률(김영란 법)
  이 헌법재판소에서 합헌 결정(2016년 7월 28일) 내림

4
벽 속의 남자

지금 나는 나답게 살고 있는지
스스로 자문자답 벽과의 대화
벽에는 듣는 귀와 보는 눈이 있고
코가 있어 삶의 냄새를 맡는다

천국의 밥상

아무리 식욕촉진제를 먹어도
보면 밥맛없는 사람이 있고
옆에 있어도 그리운 사람이 있으며
저마다의 생각은 마음먹는 쪽으로 흐르며

그 어떤 진수성찬도 누구와 함께
먹느냐에 따라 맛과 의미가 다르다

그리고 고독에 이골난 사람의 밥상은
맹탕 국물에 소금보다 짠 눈물로 간 맞추며
겉으로 보기에는 아무 일 없는 것 같지만
파고 보면 평범함과 유별함이 있다

핏빛 저녁노을이 지고 캄캄한 밤
이럴 수도 저럴 수도 없을 때
허공에 별 하나가 유혹한다

이 세상 허구많은 사람이 천국으로 갔지만
누구 하나 돌아온 이 없는
그곳의 밥상은 단맛일까 쓴맛일까
우선은 전쟁 없는 평화여야 하는데
아 어제 벼락 맞은 대추나무는 말이 없고
영원히 풀리지 않는 천국의 수수께끼다

웃는다고 웃는 게 아니다

전동차 타고 지나는 그의 몸은
등나무처럼 뒤틀려도 시선은
칼날처럼 빛났다

안면마비증세로 언제 어디서나
씨익 웃는 불편한 웃음*

그를 본 노점상 할마씨 왈(曰)
저 이는 무엇이 좋아 저리 웃는가

그 말에 혼잣말로
내가 웃는다
웃는다고······

무심코 던진 돌팔매에 개구리가 맞아 죽듯
장애 그는 피눈물을 흘렸다

없었던 일로 하기에는 있었던 일로
매사 말에는 십사일언(十思一言)
말 한마디에 세상이 바뀌고
운명이 바뀐다

*불편한 웃음: 서울특별시 영등포구 중앙시장에서 있던 일임

고목에 핀 꽃

종로 낙원동 떡집 가래떡처럼
희고 미끈한 젊은 여인들의 팔다리에
눈요기로 배 채우던 젊은 날의 추억
그러나 지금도 마음은 청춘이요

세월에 눌려 굽은 허리
고목에 핀 겨울 눈꽃이 아름다움은
견디어 온 세월의 아픔 그 빈자리를
채워주기 때문이요

치복

사람 몸이 천 냥이면
영혼 빼고 치아(齒牙)가 구백 냥이오

우선은 먹어야 사니까

인생 나이 들면 몸값은 떨어져도
이(齒) 값은 올라가는
만석꾼 천하갑부도 이 없으면 고생이고
산하진미 진수성찬도 그림의 떡이라오

그러기에 칠복 중 치복(齒福)이 으뜸이고
이 없으면 잇몸으로 산다지만
오죽하면 건치가 자식보다 낫다 했나

사랑니가 아프면 마음까지도
살았으면서 죽을 맛이고
사랑은 아픔이드냐
황소의 나이는 이를 보면 알 수 있고
사람 건강은 이를 보고 측정한다

웃을 때 드러나는 하얀 이
온 세상이 밝아진다

검은 아스팔트길

화석이 된 공룡 발자국 따라
느릿느릿 걸으며 생각한
왜 공룡이 이곳을 지났을까

사막에는 황사바람이 쌓은
모래성이 있고
설국(雪國)에는 눈사람이 걸어간
하얀 발자국이 있는데

그 많은 차와 사람이 오고 간
흔적 없는 아스팔트길에 내리는
검은 빗물로 21세기
한국화(韓國畵) 풍경 그려
국전(國展)에 출품하면
분명 대상(大賞)을 탈 거야

맞선 보던 날

모두가 자리 피해 준 단둘만의 밀실에서
서로 자백의 각서를 쓰며 음양의
퍼즐을 맞춘다

속궁합 겉궁합 사상과 이상까지도
찰떡궁합이면 이성지합(二姓之合)
백년가약 천생연분으로

여보 당신이 탄생하는 축복의 날이다

내가 새였으면

새는 저마다 제 이름을 부르며 운다

무슨 사연이 그리 많아 많아서
밤새워 소쩍 소쩍 소쩍 피 토하며 우는
소쩍새가 너무 슬퍼요

해 뜨면 해 동무 해와 함께
뻐꾹 뻐꾹 뻐뻐꾹 따라 우는 산 메아리

뜸 뜸 뜸 한여름 논에 우는 뜸부기
서울 간 오빠는 왜 안 오시나

새는 저마다 제 이름을 부르며 우는데
내가 내 이름을 부르며 운다고 해서
누구 하나 눈 깜빡할 리 없는
내가 울고 싶을 때 울지 않은 것은
참 잘한 일이다

산 같이 물 같이

세상이 무서워 무서워서 뒷걸음치며
물보다 낮은 도랑 밑에 숨어 사는
민물 가재 같은 내가
낯선 존재라니 참 기쁘다

하늘은 미세먼지로 오염된
낮도 밤 같은 암흑 세상에
털어 먼지 안 나는 놈 있겠나마는

그래도 산은 산
물은 물
산 같이 물 같이 살라 하는
청렴결백(淸廉潔白)의 뜻을
수신책에서 배웠습니다

나의 묘비명

내 나이 미수 지나 구순(九旬)
참 많이도 살았구려

6·25전쟁 중 최전방 949고지를
단숨에 오르내리던 지금은
한치 문지방도 넘기 힘든

누군가가 말했다
"우물쭈물하다가 그럴 줄 알았다."고

우리나라 유명한 정치인 K씨는
"나이 구십 되어 생각해보니 지난 팔십구 세까지
모두 헛된 인생이었구나."라고

또한 미국전쟁 영웅 맥아더 장군은
"노병은 죽지 않고 사라질 뿐이다."
저마다 할 말 했는데

내가 죽으면 나의 묘비명은
"춥고 배고프고 고독해도 울지 않은 것은
참 잘한 일이다."라고 쓸래요

초로인생

천 년을 가도 못다 한 인생인데
아! 아파 죽겠네……
마지막 유언

인명은 재천이요

하늘이 저토록 푸르름은
내일은 내일의 태양이 뜨기 때문이요

순간을 읊조리는
풀잎에 맺힌 이슬

이슬이 저토록 투명함은 초로인생
생명이 존엄하고 고귀하기 때문이요

관계

눈길 주지 않아도
아름다운 들꽃은 피고

눈독 들인 가시나무에는
새도 둥지를 틀지 않으며

수줍어 수줍어 고개 숙은
첫날 밤 새색시 같은 초롱꽃

하늘과 땅과 비

하늘과 땅은
수억 년을 함께 누린
어쩌다 하늘이 구름 접고 한눈판 사이
강바닥이 손바닥 손금 갈라지듯
타는 목마름에 들풀들의 신음소리
물
물
물

아 이제는 하늘도 믿을 수 없다고
선량한 민초들의 아우성
비
비
비
비가 오지 않으면 하늘이 아니지
하늘의 본심은 사랑이니까

세상이 모두 솔직해질 때 내리는 비
누가 말했나
비 오는 날은 도무지 약이 없다고
아 비가 와서 살맛나는
축제의 날이다

밀월여행

은빛 날개의
하얀 나비 한 쌍이
포옹하고 입 맞추며
무한 공간의 허공 속을
위험한 고비에까지
높이 높이 솟아오르고 있다

하늘로 가는 밀월여행

아 뉘 사랑이 저토록 아름다우랴
바라만 보아도 눈물이 난다

파리 목숨

빈 밥상머리에 앉아
파리 한 쌍이 짝짓기하며 진저리치는
그게 그렇게도 소름끼치는 일이드냐

백주대로에 차와 차가 부딪쳐
잃은 목숨을 누가 파리 목숨이라 했던가

파리는 아무리 극성부리고 떼 지어 다녀도
서로 부딪혀 죽은 일 없으며
파리채로 두들겨 치고 극약으로 습격당해도
길들인 파리는 끝까지 살아남는다

파리는 어느 흉년에도 굶어 죽은 일 없고
태어나기를 날개 있음이 고마워
날마다 손발 빌어 감사하는 파리처럼
너는 사람으로 태어남이 고마워
머리 숙여 감사기도 하였느냐

오늘의 운세

정면으로 오는 화살은
엎드리면 피할 수 있고
쏟아지는 소나기는 두 손으로 가릴 수 있지만
쓰러지지 않을 곳에서 넘어질 때가 있다

아 누가 이를 운명이라 하드냐

살아온 세월보다
살아갈 날이 머지않은
외나무다리 위에서 이제야 조금은
알 것 같은 인생에 대하여

이미 문제 속에 들어있는 답안처럼
조간신문 오늘의 운세를 보며

토끼띠 나는
사람이 많은 곳에 가지 말고 나서지 말 것
재물은 지출
건강은 주의
사랑은 갈등
길방은 동(東)쪽

오늘따라 쾌청한 하늘
세월도 지구도 이동하는 공간 속에
살아있음만으로도 감사와 은총이고
그러나 내가 약하다는 게
늘 마음에 걸린다

정직만이 희망이다

원래 인간의 본심은
정직하고 고운 마음 밝은 마음
백옥 같은 하얀 마음인데

어쩌나 혼탁한 사회 풍조에
못 먹을 돈 먹고 배탈 나
만인 앞에 무릎 꿇고 사죄하는
양심 고백

이미 때 늦은 후회지만
후회는 먼저 없는 반성
그게 바로 너고 나였다

단 한 번뿐인 인생
남은 세월 내가 먼저 정직하고
산 같이 물 같이 살리라는 맹세
오늘도 어김없이 태양은 뜨고
정직만이 희망이다

너는 누구냐

개천서 용 난다고 용은커녕
이무기와 미꾸라지들로 혼탁한
청계광장에는

오늘도 수구 보수와 골수 진보가
편 갈라 좌우로 흔들리는 정국

태양도 빛을 잃어 낮도 밤 같은
인심은 천심 흙비가 내리고
민초들의 원한 소리 드높은
원미산 진달래도 향기를 잃어가고

향기 없는 꽃은 벌 나비도 등 돌리며
믿음 없는 공약 정치에 떠나는 민심

그러나 당신과 나의 식성이
비슷하다는 것은 사상적으로
통하기 때문이요

하늘로 가는 소풍

누우면 쓰러진다고 서서 자는 말처럼
그토록 꼿꼿하던 당신이 어쩌다
중병으로 쓰러져 탯줄보다 질긴
링거줄에 매인 목숨

등골엔 피고름 고여 썩어가는 욕창
그뿐이랴 알몸으로 드러나 못 볼 것까지도
품위 잃은 병고에 참는 것 말고는

더더구나 말조차 실종으로
손짓 발짓 눈짓으로 통하는 식물인간
턱밑까지 차오른 마디 숨소리

아 내 사랑은 이렇게 가고 있구나

떠나는 당신의 빈손에
마지막 이별 키스

어찌하랴 이것이 운명인 것을
하늘로 가는 소풍 길에
앞서간 천상병을 만나거든
잊지 말고 나의 안부를 전해줘요

노년의 철학

나이를 물으면 그는
언제나 예순세 살
작년에도 금년에도 예순세 살 이래요

나이는 숫자에 불과하며
마음으로 먹는다고 그 말이 정답이요

예순세 살 때
가장 행복했노라고 육 더하기 삼(6+3)은 구
구순(九旬)할머니*의 인생철학이요

*구순(九旬)할머니: 약간의 치매 증세로 입원(해오른병원) 중인 구순할
 머니 김정숙 씨가 순간적 본 정신일 때 한 말임(2014년 3월 15일, 93세
 로 사망)

너와 나는

네가 감로주를 마실 때
나는 가슴에 쌓인 전진(戰塵)의
피를 토했다

피를 본 절박함
이는 전투 상황이다

너는 사랑의 연애 시를 쓸 때
나는 죽음의 유서를 썼다

배불러 밥투정 하던 너
배고파 맹물로 배를 채운 나

고통을 참으면 행복이 온다기에
똥 참는 일 말고는 모두 참았지만
행복은 바로 옆길로 비켜가더라

삼 초의 웃음

이름 없는 무덤가에 홀로 핀 풀꽃이
얼마나 외로우면 웃고 있을까

이별보다 슬픈 만남이 있고
만남보다 기쁜 이별이 있듯이
행복해서 웃는 게 아니라 웃어서 행복한
단 삼 초 만이라도 웃어봐요

삼 초의 웃음이 삼 년 아니 삼십 년 그 이상의
평생 행복할 수 있는
당신은 숨어 혼자 웃어본 일 있나요
돌아앉아 남몰래 울어본 일 있나요

신토불이

바다보다 짠 눈물
불보다 뜨거운 피
댓순보다 곧은 뼈
보드라운 흙살
사람은 죽어 영혼은 하늘로
몸은 흙으로 돌아가는
인간은 신토불이!

빨래터 풍경

하늘은 솜털구름이고
바람도 포근한 시골마을 빨래터
해맑은 여인들의 웃음소리에
날아가던 물새 한 마리가
외로움도 잊고 강둑에 앉아
촐랑대며 꼬리춤 춘다

하얀 물살처럼 퍼지는 여인들의 입소문
영희와 철수가 그렇고 그런 사이래……
내일은 국수 먹게 됐다고 경사 낫다고
동네방네 퍼지는 TV 뉴스 속보보다 빠른
빨래터 소식

아 박수근의 그림보다 아름다운
시골마을 빨래터의 풍경화

흙수저와 놋수저

사람은 누구나 저 먹을 것 가지고
태어난다는데
누구는 부모 덕에 금수저로 밥 먹고
먹고 사는 데도 형식과 순위가 있다

지상에서 가장 오래된
흙수저*가 있고
금수저
은수저
동수저
놋수저가 있으며

그중에는 금수저 부럽지 않은
놋수저로 된장국에 밥 말아 먹고
두둑한 뱃심에 두 팔 들고 만세 부르며
하면 된다는 의지와 용기 정직은
나의 가장 큰 자산이고 희망이다
희망은 우리 모두가 바라는 행복
행복은 놋수저에 있다

*흙수저: 저소득 빈민의 대명사이기도 함

꿈

살다 보면
쓰러지지 않을 곳에서
쓰러질 때가 있고

저 하늘에도 슬픔이
이럴 수도 저럴 수도 없을 때
자살하고

저승까지도 가 보았으나
죽지 않았다

살아있을 때 꿈도 꾸고
죽으면 꿈도 꾸지 않는다

우리 사랑은

저마다 사는 모습이 다르듯
사는 맛도 서로 다른
쓰고 짜고 맵고 시고 달고 그중에
사랑은 어떤 맛일까

누가 말했다
사랑은 더러 오뉴월 감주*맛
변하듯 너무나 있었던 일로

아무리 세상이 혼란하고 부정한들
착하고 정직한 수신교본 같은
믿음 평화 사랑!
우리 사랑은 관심과 격려
용기와 희망이며
사랑은 통일의 대명사다

*감주: 식혜

벽 속의 남자

그 많은 사람들과는 생각과 뜻이 달라
군중 속에 고독한 나는
어떤 그 무엇에도 얽매이지 않고
혼자라서 자유로운

지금 나는 나답게 살고 있는지
스스로 자문자답 벽과의 대화

벽에는 듣는 귀와 보는 눈이 있고
코가 있어 삶의 냄새를 맡는다

다만 입이 없어 듣고도 말을 않는
철통 같은 비밀보장에
갇혀있어도 자유로운
나는 벽 속의 남자다

66

그대와 나 희로애락
손톱 밑 가시도 뽑아주고 배려와 양보
오해를 이해로 푸는 사상
식성까지도 비슷하다는 건
진정 사랑하기 때문이다

99

책 읽는 사람은 아름답고 무엇인가 다르다. 그중에서도 시(詩)를 읽으면 삶의 질부터 달라진다. 시집 『특별한 사랑』 은 굴곡의 세월을 살아온 시인의 지난 한 삶을 그리고 있다.

특이한 시어(詩語) 구사나 기교에 '멋'을 부리지 않고 삶의 현장의 모습 그대로를 솔직하고 진솔하게 그려냈다.

시인의 시어들은 눈물과 피라고 했다. 이 시집이 그렇다. 현장 참여의 서사적인 그러나 읽는 이로 하여금 바로 가슴 으로 받아들일 수 있는 감동이 있다.

심금을 울리는 한 줄의 시어가 인생의 운명을 바꾸고 역 사를 바꾼다.

시인은 말한다. 산수의 정상에서 마지막 유서 쓰는 마음 으로 책을 펴낸다고. 열정과 진심이 독자들의 가슴에 그대 로 전달됐으면 하는 바람이라고.

아무리 사는 게 힘들고 어렵기로
살아있으니 고맙고
아직 살지 않은 내일 위해 웃자
웃으면 복이 와요